平成俳人群像

句集

# 天上の榠樝

桂　瑞枝

文學の森

# 序／渾身の自画像

昭和四十二年の末頃「土曜句会」（鶴崎芳樹主宰）の新聞案内に誘われて、私は俳句を始めたが、その席で、これも俳句を始めたばかりという桂瑞枝さんに出会った。よってその人とは〈同期の桜〉の仲であるが、その人はまさしくその〈桜〉そのままの、明るく華やいだ雰囲気の人で、今もその時の印象が強い。

その後しばらくして各々の道を歩き始め、即かず離れずの関係となったが、昭和五十八年、私が『霏霏』を立ち上げた時、早速参加してくれて、以来『霏霏』の主要同人として活動してもらっている。

その人がやっと重い腰を上げて句集を編むという。若い日から佳い句を詠んでいたので、〈その時〉が早く来れば……と願っていた。それだけにやっとの報を聞いたときは、やった!の思いが深く、〈その時〉の到来に快哉の声を挙げたものである。

あれから五十年近い歳月が流れた。この句集は、その歳月の記録であり、漂泊する自らの魂の告白である。いわば生きて在るもの〈その人自身〉の全身全霊をもって描いた等身大の自画像である。

例えばこんな句がある。

敗戦忌燦々として火の記憶
貧しさの昭和生きて夏蕨
ふっくらと大根を煮る戦よあるな

熊本大空襲によって家を焼かれ、焼け野原となった街をさまよい歩いた、という体験があるという。その「火の記憶」を胸に、もう何十回敗戦忌を重ねたことだろうと述懐する。その重ねがそのまま昭和の時代、〈貧しさ〉だけが胸に刺さる。昭和一桁世代の一つの〈生〉の有様《ありよう》がそこにある。そして、夏蕨を摘んだり、ふっくらと大根を煮たりする――わずかばかりの安堵を集約して「戦よあるな」と反戦を叫ぶ、その人である。
また、こんな句もある。

いくばくの余生は知らず目刺焼く

水音して死はすぐそばに桐の花

その人の〈桜〉の印象は今も変らぬが、さすがに〈同期の桜〉は共に老い、老と死に無関心ではいられない。いや、花の色は移ろいやすき〈桜〉だから、余計それが気になるのだろう。この句集の大きいテーマの一つになっていて、右のような句になった。

前句は生活詠そのままに、後句は「水音」といい「桐の花」といい、もっとも日本的な美的情趣を盛って老と死を詩化している。集中、これに類した句が多い。そこにこの人のさかしまな〈生〉への執念が見え、それがこの句集になみなみならぬ詩的高揚を齎《もたら》しているのである。

榠樝の実ゆっくり熟れる安楽死

この終焉の造型も美しい。願いが叶うものならば、こうありたいと誰もが思う、いわば一幅の極楽図、〈榠樝〉はその人そのものかもしれない。

何しろ、その人は榠樝が大好きだという。林檎の花に似たその美しい花も、木瓜の実に似た固い歪な実も、みんな好きだという。美も歪もみなひっくるめて〈わが生〉と重ねているのだろう。

その〈榠樝〉をもって亡き父母に捧げるという。きっと天上の食《じき》となって、心澄む自画像が完成するだろう。題して『天上の榠樝（ＫＡＲＩＮ）』という。悲しくも美しい、心やさしい句集である。

平成二十六年十月

星　永　文　夫
（俳誌『霏霏』主宰）

天上の榠樝（ＫＡＲＩＮ）目次

装丁　毛利一枝

句集

# 天上の榠樝（KARIN）

――亡き父母に捧ぐ

# 第一章　春の咎

石はいしの意志を保ちて春立ちぬ

# 焦《きな》くさい立春という茹で卵

芹の水濁す母系の指太し

蕗の薹ほつほつ母の扁平足

# 戦争のいろにふくらむ蕗の薹

蕗の薹句読点なきわが一生《ひとよ》

鈍《のろ》の男と猫いて梅の花まんかい

少年の口笛つくし伸びきって

遅々として夜の紅梅母が病む

ねはん会の母飴色に暮れている

猫の恋わたしに効かぬ痛み止め

# 啓蟄や目鼻さがしている戦争

春泥をかるがると跳び詐欺師来る

つり革の疲れてきしる桃の昼

暁闇の禱りにも似て白木蓮

白椿どこへも行かず絶ゆる血か

木瓜咲いていつもさみしい土踏まず

# 木瓜の朱へ近づく人を憎むとき

# 陽の馬酔木ひとりぐらしの罪と罰

# 目が痛い春の夜の滑走路

いくさ来るかひたひたと春の潮

まんかいのさくら指先までねむし

一度自分を毀してみたい桜の夜

# 颪に狂い雨に盲いて花の乱

花冷えの朝刊人の死がぽろり

煙吐く汽車に乗りたい花あんず

矢印に沿いて死がゆく花水木

たんぽぽの黄にくるまれて熟睡す

みだれ咲く連翹人の死がぽとり

地雷ふんで黄色たんぽぽ絮となる

蛇穴を出でしばかりに咎の雨

黄を灯す菜の花射程距離の中

花菜畑の真ん中にある殺意

菜の花がいっぱい空っぽの乳母車

いちめんに菜の花もう死んでいいか

菜の花の致死量ほどの黄に溺れ

ずーっと菜の花司馬遼太郎と出逢う沖

菜の花の土手まっすぐに来る犬殺し

葱坊主あっけらかんと親不孝

子を叱るははが哭いてる花大根

生涯の悪友たらん目刺焼く

かげろうに腰かけ厄神遣りすごす

母に似て指紋ながるる朧の夜

すこしずつ人毀れゆく朧月

いくばくの余生は知らず目刺焼く

揺らすでもなく母のふらここ一日昏れ

おぼろ夜のおろかな手足レモン食う

# ぶらんこを漕ぐからっぽになりたくて

# 嗤う厄神おぼろ夜の鎮痛剤《いたみどめ》

# 春昼はまぼろし「織屋」の太い梁

春の夜の触るれば毀《こぼ》つ人体図

金平糖のとげに刺されし万愚節

塩壺に「しほ」春愁の母の指

母だけがひとり春暮のやさしさで

知っているドアの鍵ぐせ春の闇

春愁の喉奥にある魚の骨

わが終の棲処《すみか》東区春の月

# 第二章　夏の器

点滴の遅速わたしの夏はどこ

# 少年のスクランブルに夏はじまる

吃音の少年薫風にころげゆく

蟄居するごと五月を膝ついて

貧しさの昭和生ききて夏蕨

# ここらでいいと虞美人草が散った

罌粟ひらく爪先までの懈怠にいて

ひなげしに三つ目のことば尻とられ

筍いっぽん提げて夕べを姉が来る

# 青鬼灯鬼が出るまで熟れるまで

花樗風の継ぎ目に人の棲む

虚と実の日々重ね来し花樗

葉ざくらのトンネル濃くて姉の逝く

# 日を蒐め河骨悪女になりすます

蚕豆をつるりとむけば海遠し

花ざくろ老いらくなどと言うなかれ

わが絶ゆる血脈《ちすじ》さらさら夏椿

花合歓のねむらぬ髪の先まで夜

風哭いて花咲く合歓の木が死んだ

著莪咲いて沓脱ぎにある父の下駄

著莪の花姉はどこまで行ったやら

泰山木の花の高さに父を置く

# 愉快な老人泰山木とむかし咄

# 下がり眉父似の羅漢著莪の花

水音して死はすぐそばに桐の花

# 散華とは懺悔かも知れぬ朴の花

# はりえんじゅ揺れ善人という悪人

負けばかりのじゃんけん夏茱萸よく熟れて

枇杷熟れてなぜかおとうと雨男

十薬の花踏んでより悪人

花十字まだ棄てきれぬもの多し

歯ぎしりの少年十薬咲きつづく

くちなしの樹の間に消えしおとうとよ

茅の輪くぐりわが定年へ突っ走る

訥弁の上り框に梅雨きざす

# 抽斗の古銭と父に梅雨が来て

また一つ扉《と》を押し梅雨の晩年へ

茄子の馬ひづめももたず父母乗せて

耳鳴りにうから棲みつく螢の夜

己が世界の地図ひろげゆく蝸牛

枇杷の種ころがってゆく黄泉の国

踊子草おどり疲れて風の熄《や》む

# からみつく文脈の端鉄線花

# この世とあの世ただ一枚の青簾

舌足らずの言葉に水を打っている

# 悪名をつるりと躱《かわ》すところてん

老いるとは蒼き器のところてん

熟れすぎたメロン母の匂いを真っ二つ

西瓜喰うどこかの骨を鳴らしつつ

# うすき血の女系を生きてメロン切る

水ようかん切っても切っても謎とけぬ

蟻の列ゆくえ不明の明日運ぶ

原稿用紙に蟻つぶす日と潰さぬ日

衣《きぬ》脱ぐ蛇叔父は生涯石工たり

父の忌をひっくり返す驟雨来る

# 雷雲を食ってしまった麒麟たち

吊り革に夏の記憶の混み合えり

よもつひらさか越ゆる力の汗ほしき

暑に耐えて生きねばならぬ何もなし

蜘蛛の囲と昭和一桁揺れどおし

河童忌やいまもむかしも藪の中

# 炎帝に会わんとのぼる凌霄花

炎天に佇てば失うものもなし

手と足と西瓜冷やして父母遠し

わが名呼ぶ姉夕顔となっている

# 致死量の欲しき熱帯夜のコップ

夜市の少年黒い金魚を追いつづく

炎天にさらせば絆涸れてゆく

血族の尾もひまわりも枯れてゆく

# 空蟬の空になるまで慟哭す

夜の蟬写楽の謎が解けてゆく

# はだしのゲン熱中症で死ぬものか

死に急ぎするな斑猫ふり返る

# 熱帯夜各駅停車の朝が来る

褒貶の外側にいて深昼寝

遠花火家中の音消して見る

# みぎ・ひだり違う筆順夜の秋

# 眠らない少年晩夏をかき鳴らす

ルビ打ってまた消して夏終りけり

# 第三章　秋の罠

洗面器の水あふれいて今朝の秋

扉の前にいつしか秋が佇っている

桔梗の紺生涯母に追いつけず

# 玉葱といっしょに処暑をきざみ込む

確実に秋来てもろいつちふまず

# 敗戦忌燦々として火の記憶

白萩に母すこしずつ毀れゆく

萩の風叔父は蕩児のまま逝けり

難聴のおくれて笑う白桔梗

葛の花おんなの明日がまだ見えぬ

エンピツ一本もない八月の火に焼かれ

するすると白桃をむく安楽死

梨食べて母ひと日ずつ狂いゆく

秋暑し笑い忘れた土踏まず

軍靴の音近づいてくる秋暑し

秋暑し右折禁止に迷い込む

コスモスの高さ越え来るわが晩年

秋の雷死者も生者もずぶ濡れに

うつうつと秋暑の粥は薄く煮る

コスモスを咲かせ恕せせぬ人ゆるす

氏・素性うすき血に足す吾亦紅

# コスモスの風に吹かれて骨となる

ねこじゃらしいつまで泣かす母の膝

# シベリアに戦友《とも》おいてくる泡立草

曼珠沙華だれも知らない死が一つ

# 死ぬまでを無冠に生きてつくつくし

まっすぐに佇てば紫苑の哭けもせず

# 埒外で生涯《ひとよ》を過ごす法師蟬

燕去る叫ぶムンクの口中へ

赤とんぼ昭和背負って消えてゆく

ほどほどの長生きでよし花茗荷

赤とんぼ二匹あれば父母かも知れぬ

俎のくぼみに入れる十三夜

十三夜なら素直に死ねそうだ

まだ効かぬ満月の夜の鎮痛剤

花蕎麦の白よりうすきわが家系

手も足も仏も馬も秋の中

# 金木犀こぼしつくして一つの死

秋茄子の紺深々と他人なり

# にがうりの苦さが好きになって老い

# からっぽになるまで金木犀と歩く

石榴裂けそこからいくさ見えてくる

ぐみ食って囀わぬ耳をもてあます

鬱の日の葡萄ひとふさ掌に重し

無花果の熟れゆっくりと死がひとつ

# 干柿のすだれの中を戦くる

鰯雲どこまで五十四万石

# 不器用な生き方螻蛄《けら》よどこで鳴く

ざくろ熟れて罪一等を赦さるる

# 郁子は口あけ嘘ばかり申し候《そろ》

広がれば肺痒くなるいわし雲

爪先であるく月夜の月夜茸

活断層の真上不貞寝している冬瓜

# 不器用に生きてみのむし蓑を出ず

生き下手は死に下手昭和の螻蛄鳴いて

通夜の灯を秋の夜汽車が截《き》ってゆく

# からからと桐の実老人たち愉快

秋風のそぞろ躬にしむ身八つ口

# 秋の夜の２Ｂで書く遺書もどき

なにもない日暮れ来ていて秋刀魚焼く

実むらさき女ばかりが生き残る

# 榠樝の実ゆっくり熟れる安楽死

喪の家に風さらさらと実むらさき

罠みせず秋の落暉が手招きす

ひとり居の自堕落ゆるす榠樝の実

# 違う速さの時計に狂う林檎たち

秋落暉まっすぐにくる一つの死

# 吾亦紅流れる雲とともに老い

善人を演じていつか破芭蕉

# おとうとよなぜ先に逝く秋しぐれ

# 第四章　冬の灯

駆け足で来る老い立冬の心電図

# 侘助よわたしを好きと言っとくれ

老いるとは丁寧に生きること枇杷の花

# 戦車くる音そらみみの枯葎

石蕗の黄をまといて人の訃報くる

花石蕗の右側ばかり暗くなる

指入れて朱欒の芯に母詰める

青空が欲しい冬菜の水こぼす

ふっくらと大根を煮る戦よあるな

# 北風と乗り込む三番線の男

冬苺つまんで捨てる悔一つ

死ぬ力残しておけよ冬の蜂

余生とは迷路指で裂く白菜

冬のたんぽぽ老人力を喰っている

躁の日は目深にかぶる冬帽子

# 地下街の雑多な匂い十二月

師走の街出て珈琲館は七時半

爪切ってゆくえ不明となる冬日

今日で終わる昭和三日の米を研ぐ

# 柊にくるった昭和遠くなる

冬日遠く鍼打たれいるぼんのくぼ

わが視野に煙突一本冬落暉

正露丸三つぶ掌にのせ昭和逝く

寒灯を消しいくさなき世の眠り

冬満月あおあおと来るわが誕生

# 衿立てて見えない風の芯を恋う

そむかれて一月耳のうしろで鳴る

# さんさんと冬月母のまろく病む

# 吹雪く夜の父のはなしの木霊たち

冬がよいわが死化粧は雪を着て

# 厄介なおとうとが来る小正月

にんげんをこぼしつづける冬灯し

葛根湯飲んで死神呑んで雪

# おとうとが雪に持ち来る花手箱

残されし姉妹母系の冬椿

なにもない日暮れ一月がまた逃げる

きりりと水仙いま人生の六合目

# 山眠るわれは何処の地に眠る

水仙一本死が透きとおる風の中

# 犬捕りを殺《や》ってしまった寒落暉

日脚伸ぶ父の定位置ちちの椅子

ねじ一つゆるびて母に日脚伸ぶ

毀れそうな三寒四温膝を抱く

# 人生はドラマ終着駅は冬がよい

句集　天上の榠樝（ＫＡＲＩＮ）畢

# あとがき

私の俳句への道は、ある日、新聞の片隅に小さく載っていた「俳句を一緒にしませんか、新人歓迎！」の文字が目に入り、自ら「土曜句会」に入会、参加したのが始まりだった。

俳句のことは何も分からず当時の私は〈盲蛇に怖じず〉の心境であった。ただ「土曜句会」の末席に参加し、様々な人たちと楽しく勉強させてもらった。

その頃、発足して間もない「熊本県俳句懇話会」に昭和四十四年入会し、やがて幹事となり、平成元年「熊本県俳句協会」と名称を新たにした会と共に歩き、今日まで常任幹事をつづけている。

星永主宰の『霏霏』には昭和五十八年の創刊時から入会。主宰独特の非凡な感覚と詩情豊かな作風に惹かれながらも近付けず、せまい自己の世界の句を詠み続けてきた。

人生の半分以上を俳句に携わり、尊敬する佳き師、心優しき多くの句友《とも》を得て、句と共に歩んできた私は、このたびそれを残す句集の刊行を思い立ち、星永主宰のお手を煩わせることとなった。

私には子どもがない。それ故両親には心配をかけた。今にして思えば、両親は実直で心からの働き者だった。が、子ども時代にはその良さが分からず、成人後社会に出て初めて本当のよさを実感したのだった。齢を重ねた姉弟が束になってもかなわぬものを持つ両親の勁《つよ》さはどこから来ているのだろうか、と今になって思う。ともあれ、子を育て働きづめだった両親の愚痴を聞いたことがない。このような尊敬できる両親を持てたことを、とても嬉しく思っている。

ところで、いつの頃からか私は〈榠樝〉がとても好きになった。可憐な花だが実の形は見映えせず、生食できないが、菓子の材料や蜂蜜漬けにすれば風邪のときや喉の痛みによく効くと聞く。見映えが悪く不格好な形が、私の好きになった所以かもしれない。

孝行のできずじまいだった私のせめてもの心の贈物として、天上に在す父母にその〈榠樝〉を捧げたいと思い、句集の題名とした。

さて、改めて句を並べてみると、その時の心境や情景がわが子のように愛おしく思い出される。これから後も生命のある限り、わが心の詩を詠いつづけて行きたいと願っている。

上梓にあたってご多忙中、いろいろ細かいご指導と身に余る序文をいただいた星永主宰に、心からお礼を申し上げます。

また、「文學の森」の皆様や出版にかかわってくださったすべての方々に、深く感謝の意を表します。

平成二十六年十月

桂　瑞　枝

## 著者略歴

桂　瑞枝（かつら・みずえ）

昭和６年　熊本県熊本市生まれ
昭和43年　熊本「土曜句会」に入会
昭和44年　「熊本県俳句懇話会」に入会
昭和56年　俳誌『十七音詩』に入会
昭和58年　俳誌『霏霏』に入会
昭和63年　現代俳句協会に入会

主な受賞歴
昭和54年　第16回熊本県俳句大会天賞
平成７年　第32回熊本県俳句大会特選
平成12年　第５回「草枕」全国俳句大会特選
平成14年　第24回熊本県民文芸賞俳句部門第二席入賞
平成17年　第42回熊本県俳句大会特選
平成22年　第15回「草枕」国際俳句大会日航財団賞
　　　　　第47回熊本県俳句大会熊本県賞

現　在　熊本県俳句協会常任幹事
　　　　『霏霏』同人

現住所　〒862－0902　熊本市東区東本町8－2－25

句集　天上《てんじょう》の榠樝《かりん》(KARIN)　　文學の森平成俳人群像第4期第6巻

平成27年1月20日　発行

著　者　　桂　瑞枝
発行者　　大山基利
発行所　　株式会社　文學の森
〒169-0075　東京都新宿区高田馬場2-1-2　田島ビル8階
電　話　03-5292-9188　FAX　03-5292-9199
e-mail　mori@bungak.com
ホームページ　http://www.bungak.com
印刷・製本　日本ハイコム株式会社


ISBN978-4-86438-352-3 C0092